Le Chat botté

d'après Charles Perrault
Illustrations originales de
Boiry

Il était une fois un très vieux meunier qui, à l'heure de mourir,
avait réuni ses trois fils. Il leur avoua que, malgré toute une vie
de labeur, il ne pourrait leur laisser qu'un bien maigre héritage :
un moulin, un âne et un chat.

C'est le fils aîné qui reçut le moulin, le second l'âne,
et le plus jeune n'eut que le chat.

Bien que cet animal fut très beau avec ses longues moustaches et ses yeux pétillants de malice, le pauvre jeune homme se demandait ce qu'il pourrait bien en faire, à part une fourrure.

Mais le drôle de chat, qui avait deviné ses pensées, lui dit :

— Allons, mon cher maître, ne soyez pas triste. Donnez-moi seulement un grand sac, une belle paire de bottes et un chapeau de gentilhomme, et vous verrez ce qui arrivera…

Le fils du meunier l'avait si souvent vu réussir des tours incroyables pour attraper les souris que cela l'amusa de lui trouver ce qu'il réclamait, simplement pour savoir ce qu'il en ferait.

Dès que le chat fut botté et coiffé, il partit dans un bois
où il avait repéré des lapins. Il plaça de la salade dans son sac et
s'allongea à côté en faisant le mort. Il n'attendit pas longtemps.
Un jeune lapin gourmand vint bientôt s'aventurer au fond et, hop !
le chat n'eut qu'à refermer le sac. Alors, tout content
de son astuce, il courut au château du roi.

Lorsqu'il arriva devant le trône, il fit une belle révérence
d'un grand coup de chapeau et dit :

— Majesté, acceptez ce lapin en cadeau de la part
de mon maître, le marquis de Carabas.

Il venait d'inventer ce nom.

Le roi reçut le présent de bonne grâce et chargea le chat,
en retour, de remercier ce marquis.

Quelques jours plus tard, le chat alla cette fois dans un champ
de blé, mit des graines dans son sac bien ouvert qu'il posa par
terre et guetta en silence. Deux perdrix vinrent les picorer
et le chat se fit un plaisir de tirer sur les cordons du sac
pour les attraper.

A nouveau il alla les offrir au roi de la part de son maître,
le marquis de Carabas. Le roi, charmé de cette attention,
lui demanda de remercier à nouveau son maître et récompensa
le chat en lui faisant servir un délicieux repas.

Les jours qui suivirent, le chat, toujours aussi élégamment
botté, recommença le même manège. Le roi était à chaque fois
un peu plus ravi de revoir cet animal aux si bonnes manières.
Il pensait que ce mystérieux marquis de Carabas devait être
un homme de bien, aussi riche que généreux…

Le chat devint ainsi de plus en plus familier au château, et
il connut bientôt tout le monde, et tout le monde le connaissait.

C'est ainsi qu'un jour, il apprit l'intention du roi d'aller se promener au bord de la rivière avec sa fille, qui était fort belle. Le chat se lissa longuement les moustaches en réfléchissant, puis il fila comme une flèche chez le fils du meunier :

— Mon cher maître, si vous suivez mon conseil, vous deviendrez riche, puissant et peut-être même serez-vous le plus heureux des hommes, mais vous devez pour cela agir comme je vous le dirai et sans poser de questions ; acceptez-vous ?

A le voir si sûr de lui, le jeune homme ne doutait plus
que ce chat fut capable d'encore plus de débrouillardise
et de ruse qu'il ne l'imaginait. Curieux et impatient de voir
ce que serait le plan de son chat botté, il obéit sans discuter.

— Mon cher maître, il vous suffira de vous baigner dans
la rivière à l'endroit que je vais vous montrer. Rien de plus.
Ne dites rien, ne faites rien, vraiment rien, laissez-moi agir !

Le jeune homme, amusé par ses mystères, fit exactement ce
que le chat avait ordonné. Il plongea, nagea un peu et attendit
sagement en faisant des ronds dans l'eau.

Bien sûr, le chat savait que le roi passerait par là durant
sa promenade. Lorsqu'enfin le carrosse arriva, le chat se mit
à courir sur la route au-devant de l'équipage royal en criant
à tue-tête et faisant de grands gestes :

— Au secours, au secours ! Mon maître, le marquis de Carabas,
est en train de se noyer !

A ces mots, le roi pencha sa tête par la portière et reconnut
aussitôt ce fameux chat qui lui avait fait tant de cadeaux.

Le roi ordonna à ses gardes de se porter immédiatement
au secours du marquis. Pendant qu'on s'affairait à sortir
le jeune homme de l'eau, le chat botté s'approcha du carrosse,
les yeux brillants et la queue frétillante.

— Altesse, il y a un petit problème : du temps que mon maître
se baignait, quelqu'un est venu dérober tous ses vêtements,
qui étaient posés sur la rive. Mon maître se retrouve donc
sans rien pour s'habiller, c'est bien fâcheux.

C'était bien sûr le chat lui-même qui les avait jetés dans
un buisson, mais le roi ne douta pas une seconde de ses paroles
et envoya sans tarder les officiers de sa garde-robe chercher
un de ses plus beaux habits pour en vêtir le marquis.

Le fils du pauvre meunier se retrouva donc vêtu le plus richement du monde, pantalons de belle étoffe, chaussures élégantes, chemise à dentelles et cape de velours. Il avait l'élégance d'un prince. Le roi, fort impressionné par son allure, l'invita à poursuivre la promenade à ses côtés. La princesse levait de temps en temps vers lui des regards à la fois timides et doux. Elle était si jolie que le jeune homme en tomba amoureux dès qu'il la vit.

Le chat botté, réjoui de la tournure des événements, plissa
ses beaux yeux verts :

— On dirait que mon plan se déroule exactement comme
je l'avais prévu, mais ne ronronnons pas, il y a encore à faire…

Et hop ! il sauta prestement du carrosse et fila devant à toute
vitesse. Il aperçut des paysans qui fauchaient dans un champ
au bord du chemin. Il s'arrêta et, fermement campé sur ses bottes,
leur cria :

— Bonnes gens, le roi vient par ici, si vous ne lui dites pas
que ces prés appartiennent au marquis de Carabas, vous serez
tous hachés menu comme chair à pâté !

Ses yeux lançaient des éclairs tandis qu'il parlait.

Le cortège royal arriva, et le roi demanda à qui étaient ces beaux prés.

Et les paysans, que le chat avait effrayés, répondirent :

— A monsieur le marquis de Carabas.

Le roi se tourna vers le jeune homme, admiratif, et le félicita d'avoir de si grandes et si belles terres. La princesse osa alors un très tendre sourire.

Le chat continua de les devancer et bientôt, à des moissonneurs au travail, il cria à nouveau en montrant ses crocs :

— Bonnes gens, voici venir le roi, si vous ne lui dites pas que tous ces champs appartiennent au marquis de Carabas, vous serez hachés menu comme chair à pâté !

Et quelques instants plus tard, quand le roi les interrogea,
ils répondirent à leur tour d'une seule voix :

— A monsieur le marquis de Carabas.

Et le chat prit un malin plaisir à refaire ce tour plusieurs fois
de suite, si bien que le roi n'en revenait pas de la richesse
de ce jeune marquis dont il appréciait déjà la compagnie.
La princesse, elle, se sentait rougir chaque fois que le regard
du jeune homme croisait le sien.

L'astucieux animal, en courant toujours devant, finit par arriver
à la porte d'un château magnifique qu'il savait appartenir à
un ogre très riche : il demanda à être reçu pour avoir l'honneur
de saluer respectueusement le maître des lieux.

Devant cet ogre énorme aux dents pointues et aux larges
mains poilues, le chat fit maintes révérences jusqu'à terre avant
de lui dire :

— Puissant seigneur, on raconte dans tout le pays que vous
avez le pouvoir de vous transformer en toutes sortes d'animaux,
cela peut-il être vrai ?

L'ogre répondit :

— Que dis-tu de ce lion ?

Et voilà qu'il se transforma en un lion rugissant et terrible. Le chat, les poils hérissés, détala aussitôt pour se réfugier sur un lustre. Pour en redescendre, il attendit bien que l'ogre ait repris sa forme humaine :

— Absolument prodigieux ! Noble seigneur, on dit encore par ailleurs, mais non ! cela, je ne peux vraiment pas le croire, que vous saviez aussi vous changer en souris. C'est impossible, n'est-ce pas ?

— Eh bien, regarde ! s'exclama l'ogre d'une voix caverneuse, et il se changea alors en une toute petite souris grise. En un éclair, toutes griffes dehors, le chat botté se jeta dessus, et l'avala toute crue. Il lui trouva un petit goût… amer.

Peu de temps après, le carrosse du roi arriva au château.
Le chat se précipita pour l'accueillir et ouvrir lui-même
la portière :
— Que votre majesté soit la bienvenue dans la demeure
du marquis de Carabas !

Le roi, lorsqu'il entra avec sa fille et toute sa suite, s'extasia :
dans une des salles somptueusement meublées, un imposant
banquet les attendait. L'ogre l'avait fait préparer pour ses amis
qui, plus tard, n'osèrent plus s'approcher du château sachant que
le roi s'y trouvait.

Le festin était délicieux, les vins exquis. Quant à la princesse, elle ne pouvait plus quitter des yeux le jeune marquis, et il en paraissait infiniment ému.

Le roi devinait bien quels étaient leurs sentiments, et cela l'attendrit tellement qu'avant la fin du repas, il se leva, mit la main de sa fille dans celle du jeune homme et leur fit part de son souhait de les voir unis pour la vie.

Le fils du pauvre meunier et la princesse voulurent se marier le jour même. Ils vécurent, paraît-il, très heureux, et très longtemps.

Le chat, lui, devint grand seigneur, et ne courut plus après les souris, que pour se divertir.

Boucle d'Or
et
les trois ours

Illustrations originales de
Frédéric Stehr

Il était une fois une petite fille qu'on appelait Boucle d'Or parce que sa chevelure était blonde et bouclée. Elle aimait se promener seule pour cueillir des fleurs, ou chasser les papillons ; mais ce qu'elle préférait, c'était partir à la découverte de choses qu'elle ne connaissait pas.

Un jour, sans s'en rendre compte, elle s'enfonça plus loin que d'habitude dans la forêt. Elle se retrouva dans un endroit sombre et mystérieux où elle n'était encore jamais allée.

  Alors qu'elle avançait, toujours curieuse d'explorer de
nouveaux chemins, elle vit une petite maison. Elle ne savait pas
que c'était celle d'une famille d'ours qui vivait là paisiblement.
Papa ours était très grand et fort, il avait une grosse voix grave qui
grondait comme le tonnerre ; Maman ourse, de taille moyenne,
avait une voix douce comme un ruissellement de source sur la
mousse ; Bébé ours, tout jeune encore, avait une voix aussi aiguë
que le chant d'une petite flûte.

Ce matin-là, Maman ourse venait de préparer une bouillie particulièrement appétissante, crémeuse à souhait, parfumée au miel et garnie de mirabelles. Elle la versa dans trois bols de tailles différentes et, comme cette bouillie était encore brûlante, elle proposa d'aller faire un petit tour dans la forêt en attendant qu'elle refroidisse.

C'est justement à ce moment que Boucle d'Or arriva devant leur maison.

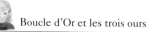

Elle frappa à la porte, elle n'eut pas de réponse.
Elle regarda par la fenêtre, puis par le trou de la serrure :
il n'y avait personne.

Une petite fille sage, prudente et bien élevée ne serait pas entrée dans cette maison sans y être invitée, mais Boucle d'Or éprouvait toujours une envie irrésistible de découvrir ce qu'il y avait derrière les portes closes : elle était vraiment très curieuse.

La petite fille tourna la poignée, et la porte s'ouvrit. Si elle n'était pas fermée à clé, c'est que la famille ourse n'avait jamais fait de mal à personne et ne pensait pas que quelqu'un puisse lui en faire.

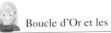

Tout à l'intérieur était bien propre et bien rangé. Sur la table, fumaient trois bols remplis d'une bouillie qui sentait bon, mais bon, tellement bon. Cette délicieuse odeur pleine de promesses lui donna soudain une grande faim. Si Boucle d'Or avait été une petite fille sage, prudente et bien élevée, elle n'aurait pas osé y goûter.

Mais elle saisit la cuiller qui se trouvait à côté du plus grand bol, la trempa dedans et s'écria :

— Oh ! C'est bien trop chaud !

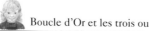
Puis elle prit la cuiller qui se trouvait à côté du bol de taille moyenne, goûta à nouveau et s'exclama aussitôt :

— Oh ! C'est bien trop froid !

Alors, elle prit la cuiller qui se trouvait à côté du plus petit bol, goûta encore et, cette fois, elle dit :

— Hum ! Ni trop chaud, ni trop froid ! C'est juste comme il faut ! Oui, exactement comme il faut !

Elle trouva la bouillie tellement à son goût qu'elle mangea tout ce qu'il y avait dans le petit bol, absolument tout !

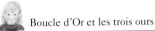

Ensuite, Boucle d'Or regarda autour d'elle et vit trois fauteuils :
un grand, un moyen, un petit. Elle alla s'asseoir dans le plus
grand, celui de Papa ours :

— Oh ! Celui-ci est bien trop dur !

Puis, elle alla essayer le moyen, celui de Maman ourse :

— Oh ! Celui-là est bien trop mou !

Finalement, elle s'installa dans le petit fauteuil de Bébé ours :

— Aahh ! Ni trop dur, ni trop mou ! Il est juste comme il faut ! Oui, exactement comme il faut !

Boucle d'Or s'y sentit vraiment bien, elle s'y berça d'abord tout doucement, puis de plus en plus fort et bientôt si vivement que le petit fauteuil s'effondra et qu'elle se retrouva par terre sur son derrière au milieu des débris.

Elle se releva, regarda autour d'elle et aperçut alors un escalier.
Une petite fille sage, prudente et bien élevée n'aurait sans doute
pas osé s'aventurer jusqu'à l'étage, mais Boucle d'Or, elle, n'avait
jamais su résister à sa curiosité.

Elle posa un pied sur la première marche, l'autre sur la
deuxième et, très vite, se retrouva dans la chambre des ours.
Il y avait trois lits : un énorme recouvert d'un épais édredon
marron ; un moyen recouvert d'un édredon en dentelle blanche ;
et un tout petit recouvert d'un édredon à fleurs de toutes les couleurs.

Boucle d'Or avait beaucoup marché dans la forêt depuis le matin, elle avait cueilli des fleurs, suivi des papillons, écouté et admiré les oiseaux, exploré la maison de la famille ourse, mangé la bouillie du bébé et démoli son fauteuil : quelle journée ! Elle se sentit soudain épuisée.

Alors, elle s'approcha du plus grand lit. Elle dut s'aider d'un tabouret pour grimper dessus. Elle s'y allongea ; mais, à peine installée, elle s'y sentit mal :

— Oh ! Mais… J'ai la tête bien trop haute dans celui-ci !

Elle en redescendit aussitôt et alla vers le lit moyen. Elle s'y allongea, mais elle s'enfonça si profondément dans l'oreiller de plumes qu'elle eut de la peine à se redresser :

— Oh non ! J'ai la tête bien trop basse dans celui-là !

Elle finit par essayer le plus petit lit, mit sa tête sur l'oreiller et s'y plut tout de suite :

— Aahh ! Ni trop haut, ni trop bas ! C'est juste comme il faut ! Oui, exactement comme il faut !

Alors elle se glissa sous l'édredon fleuri, et s'endormit.

Pendant ce temps, en se promenant, Papa ours cueillait des noisettes, Maman ourse des fleurs, et Bébé ours, qui ramassait des myrtilles, s'exclama tout à coup :

— Ah, j'ai une de ces faims ! Une vraie faim de loup !

Alors, tous les trois retournèrent chez eux pour prendre leur petit déjeuner.

Dès qu'il entra, Papa ours remarqua immédiatement que sa cuiller était dans son bol de bouillie :

— Quelqu'un a goûté ma bouillie ! dit-il de sa grosse voix.

Maman ourse regarda la table à son tour : sa cuiller aussi était dans son bol et, de sa voix toute douce, elle dit :

— Quelqu'un a aussi goûté ma bouillie !

Bébé ours courut vers la table, pointa le museau au-dessus de son petit bol et, de sa voix aiguë, il se mit à crier :

— Quelqu'un a goûté ma bouillie et l'a toute mangée !

Les trois ours, très intrigués, voulurent s'asseoir pour se remettre de leur surprise et réfléchir à ce qui avait bien pu se passer. Mais Papa ours vit son cher coussin, d'ordinaire bien posé, mis, cette fois, de travers :

— Quelqu'un s'est assis dans mon fauteuil !

Maman ourse allait s'installer dans le sien, mais elle remarqua que son coussin, toujours bien à l'endroit, était à l'envers :

— Quelqu'un s'est assis dans le mien aussi ! fit-elle agacée...

A ce moment, Bébé ours voulut, selon son habitude, imiter son papa et sa maman et s'asseoir dans son petit fauteuil :

— Oh ! Le mien, on me l'a tout cassé ! hurla-t-il tout en pleurs en découvrant les morceaux éparpillés.

Plantés au milieu de la pièce, les trois ours se regardèrent, ne sachant que penser ni faire. Bébé ours avait les yeux pleins de larmes, Maman ourse la mine contrariée et Papa ours les sourcils froncés.

La colère commençait à grandir en eux, ils montèrent à la queue leu leu l'escalier pour voir si tout était normal dans leur chambre. Papa ours passa devant, Maman ourse venait derrière et Bébé ours, le museau en l'air, les suivait.

Papa ours s'aperçut le premier que son énorme édredon marron était écrasé :

— Quelqu'un a osé se coucher sur mon lit ! grogna-t-il.

Inquiète, Maman ourse remarqua alors son édredon en dentelle, tout froissé :

— On s'est couché sur le mien aussi ! dit-elle fâchée.

Bébé ours vit quelque chose briller sur son oreiller.

Il s'approcha : c'étaient les beaux cheveux d'or d'une petite fille endormie. L'ourson était si ému que sa voix se fit encore plus aiguë :

— Oh ! On s'est mis dans mon lit et on y dort encore !

Dans son sommeil, Boucle d'Or avait bien entendu qu'il se
passait quelque chose, mais elle dormait si profondément... Dans
son rêve, la grosse voix de Papa ours lui était parvenue comme un
lointain roulement de tonnerre. Elle ne s'était pas réveillée. Elle
avait bien entendu aussi la voix toute douce de Maman ourse,
mais cela avait été comme le murmure d'une source au fond de
son rêve. Et elle ne s'était pas réveillée non plus.

Mais, quand la petite voix aiguë de Bébé ours retentit comme un sifflet strident, Boucle d'Or se réveilla en sursaut.

Trois ours la dévisageaient, stupéfaits ; ils n'avaient jamais vu de petite fille, et Boucle d'Or, qui n'avait jamais vu de véritables ours, était saisie de peur.

Affolée, Boucle d'Or bondit du lit, sauta par la fenêtre, rebondit sur un tapis de fleurs et s'enfuit sans se retourner.

Elle aurait pu avoir affaire à des ours un peu moins gentils, alors elle se promit qu'à l'avenir elle s'efforcerait de résister à son incorrigible curiosité.

— J'en aurai toujours sûrement un peu, mais pas trop, juste ce qu'il faut !..

Édité par :
Éditions Glénat
Services éditoriaux et commerciaux :
31 – 33, rue Ernest Renan
92130 Issy-les-Moulineaux

Conseiller artistique : Jean-Louis Couturie
Photo de couverture : Eric Robert
Maquette de couverture : les Quatre Lune

Imprimé en Italie par Eurografica
Dépôt légal : Février 2005
Achevé d'imprimer en mai 2006

ISBN : 2.7234.5144.5

Loi n° : 49-956 du 16 juillet 1949 sur les publications destinées à la jeunesse.